Med varma
hälsningar
Knut Wilhelm

Tidlöst

Mats Wilhelm /N

Tidlöst

Copyright © Mats Wilhelm Pettersson.

All rights reserved. Ingen del av denna bok får reproduceras i någon form, eller överföras till informationslagrings- eller bearbetningssystem, utan skriftligt tillstånd från fotografen/författaren.

Utgiven av: MW-BILD i samarbete med Gunnar Jansson.

Omslagsbild: Jumkilsån vid Ullbolsta, Uppland, samt Robin som studerar en bastardsvärmare.

Fotografier, text, grafisk form och produktion: Mats Wilhelm Pettersson.

Repro och tryck: Edita, Västerås.

Papper: 170 gram Multi Art Silk.

Typsnitt: Garamond.

Printed in Sweden.

ISBN 91-631-7948-2

Innehållsförteckning

	sid nr
Ledmotiv	8
Tidlöst	14
Tid för naturstudier	19
Upplevelsen av ett landskap	29
Jordbrukslandskapet	35
Från tidlös upplevelse till engagemang för miljön	47
Likt och olikt	58
Två tidlösa män	61
Ängs- och hagmarksväxter	67
Tidlösa insekter	76
Tidlös musik	80
Tidlöst mode på betad äng	85
Ur led är tiden	87
Där tiden gått lös	89
Om människorna tiger skall stenarna ropa	97
Litteraturkällor och hänvisningar	103
Bildinformation	104

Ledmotiv

Egentligen är ingenting tidlöst. Inte något på vår jord har sett likadant ut alltid. Ändå använder vi ofta begreppet "tidlöst" för att beskriva något som inte har förändrats så mycket under en begränsad tid - ur vårt människoperspektiv sett. Kanske kan man se att ett fotografi är från 1900-talet, men motivet betecknas ofta som tidlöst om vi inte kan säga under vilket decennium bilden är tagen. Därför vågar jag använda ordet tidlöst och mina egna bilder i det här sammanhanget för att berätta om några tidlösa upplevelser. Ibland har jag tyckt att jag haft något väsentligt att tillägga och skrivit några rader, i andra fall överlåter jag åt betraktaren att göra sin egen tolkning.

Många läsare upptäckte att bilderna i min förra bok "Från Lena till Ulva", tagna i nutiden men avskalade mycket av sin tidsbundenhet, fungerade bra för att ge fantasin fria tyglar. Uppmuntrad av detta har jag fortsatt att renodla mitt fotograferande på platser som ännu inte befästs i tiden. Jag har också engagerat mig i arbetet med att bevara och utveckla landskapsrum med historiskt innehåll som inte störs av moderna inslag. Det kan räcka med en kraftledning, telefonstolpe eller asfaltsväg i en landskapsbild för att begränsa fantasin kring det vi ser.

Människor och människors aktiviteter i landskapet är särskilt svåra att skildra i tidlös bild. Klädsel, frisyrer och arbetsredskap etc gör att vi genast ser när bilden är tagen. Men det finns undantag, där man nog kan säga att "tiden ståt stilla".

Liksom i min förra bok skildrar jag landskapet längs vattendrag i Uppland, inte bara längs Fyrisån och Vendelån, utan denna gång också med bilder från landskapet vid Fibyån och Jumkilsån, som i sina olika lopp rinner ned mot Mälaren. Jag börjar vår resa i skogarna som avvattnas av dessa vattendrag, besöker några av skogarnas hemlighetsfulla glupar, fortsätter genom jordbrukslandskap, hagar och strandängar för att avsluta med bilder från Mälarens och Östersjöns stränder.

Tidlöst

I slutet av år 2001 gjorde jag mig själv tidlös. Med hopp om att kunna vara mera flexibel och utnyttja väder och ljus i mitt fotograferande slutade jag som lärare och forskare på universitetet. Under fyra år har jag nu bedrivit detta experiment och levt ett liv med mycket få inbokade tider. Jag har levt med i naturens gång och inte missat särskilt mycket av årstidernas händelser i form av de olika flyttfåglarnas ankomst eller våra växters blomningstid. Under vintern har det varit långt mellan egna upptäckter av djur och fåglar. Det dröjde ungefär åtta timmars vistelse utomhus mellan mera ovanliga upplevelser, och då hade jag ändå oftast ingen möjlighet att hinna fotografera det jag såg.

Det speciella med fotografiskt bildskapande är annars att själva exponeringen sker nästan tidlöst. Speciellt vid korta slutartider är tiden försumbar, men ändå finns allt med på den färdiga bilden. Däremot kräver allting annat runtomkring en evighet av förberedelser och resor, tid för intjänande av pengar till inköp av dyr utrustning, kunskaper för att handha denna utrustning, samt kännedom om motiven och hur man skall kunna nalkas sig dessa för att nå bästa resultat.

En annan strategi för att kunna uppleva mycket i naturen är att köpa sig tid. Genom att ha ett arbete med hög och jämn inkomst kan man tjäna ihop tillräckligt med pengar för ta att ledigt och resa till platser med en koncentration av växt- och djurliv som t ex Östafrika eller Mellanamerika. Då går det betydligt snabbare att få nya upplevelser än de åtta timmar jag behövde under vinterströvtågen i Uppland.

Jag inte burit klocka på 15 år, utom ibland vid högtidliga tillfällen, då jag hänger på mig farfars, riksdagsmannen J. W. Pettersson, guldrova. Förr var det fint att visa att man hade råd att mäta tiden. Idag är det kanske snarare så att det uteblivna klockbärandet är ett sätt att visa att man har råd att inte bära klocka, eller åtminstone önskar att man var så ekonomiskt oberoende att man inte behövde passa några tider. Oftast vet jag ändå hur mycket klockan är. Det finns ju klockor överallt i omgivningen och det senaste sabotaget i den vägen är mobiltelefonernas klockdisplay, som man fick på köpet när man ville kunna ha med kontoret i fält. Det är nog bara under sällsynt lyckliga stunder då och då som nutidsmänniskan är helt omedveten om hur mycket klockan är. Också i yrkeslivet är det numera svårt att vara så koncentrerad på en uppgift att man glömmer tid och rum. Ofta är dagarna fulltecknade med möten. På så vis har vi fått en förlängd arbetsdag, där reflektioner över arbetet måste göras på fritiden.

Att vara tidlös på det sätt som jag haft tillfälle till är inte det samma som att leva en kravlös tillvaro. Möjligen är det ett huvudlöst tilltag. Att göra sig tidsoberoende i vår tid är nämligen inte lätt. Räkningar för löpande utgifter och sådant som man lånat till under tider av stadig inkomst skall fortfarande betalas, mat och kläder inhandlas och ett och annat nöje avnjutas. Nivån på den ekonomiska pressen avgör hur mycket jag kan koppla av och vara kreativ i bildskapandet, hur mycket jag har råd att resa för att hitta motiv och vilka verktyg jag har råd att skaffa mig. Film behöver jag inte längre köpa eftersom jag har blivit digitalfotograf, och jag har ju som sagt tid, men kan jag utnyttja den?

Kanske är det inte alls så att frihet är det bästa ting, kanske slösar jag på talang och tid när jag inte använder dessa i samarbete med andra. Eller tvärtom - kanske är utetillvaron så viktig för mig, och min ovärderlighet på en arbetsplats så överskattad, att jag borde gå ned i arbetstid och materiel standard för att få uppleva mer av det verkliga livet. Jag tror att många funderat i samma banor som jag har gjort.

Den här berättelsen är ingen fullständig redovisning av mitt experiment med tidsutnyttjandet. Den består förutom av nytagna fotografier också av bilder som dröjt sig kvar i minnet och letats fram ur arkivet när jag funderat över bokens tema. Framtiden får utvisa vilka av de senaste årens bilder som står sig och vad resultatet av experimentet blir, men kanske är det så att det är tankarna som satt djupast spår.

Jag tror att det är viktigare än någonsin att få uppleva de stunder då "tiden står stilla". För egen del hittar jag dessa stunder mest i naturen i samband med möten med djur och växter såväl som inför andra typer av motiv. Men oftast händer det inte under den första timmen därute. På det viset är naturfotograferande och annan skapande verksamhet uppfriskande motvalls till det mesta annat i dagens värld. Man måste först hitta tillbaka till lugnet och inspirationen, och det tar ofta ett bra tag, särskilt om man susat fram i bil i den hetsiga trafiken. Men när allt stämmer erfar jag harmoni och skaparlust där bakom kameran i full koncentration inför ett välkomponerat utsnitt med fin ljusbalans. Då är jag förlorad - i mina tankar - men en vinnare. Då har jag inte längre möjlighet att hålla fokus på tid och rum, utan fantasin har tagit över och jag blir en lycklig dagdrömmare. Och möjligen är det här i tidlösheten som vi snuddar vid ytterligare dimensioner av tillvaron. Åtminstone verkar vi ha hittat en oväntad energi- och hälsokälla.

Tid för naturstudier

För mig finns det fortfarande mycket att upptäcka hemmavid, trots att jag är biolog och är ute mycket. För de flesta människor, som inte känner namnet på eller ens har träffat på de vanligaste arterna, kan jag försäkra att sådana möten väntar i överflöd för var och en som vill pröva på.

Att vara ute mycket i naturen på egen hand eller tillsammans med andra fyller många funktioner som jag tycker är underskattade. Det ger motion och frisk luft, såvida man inte fågelskådar från bilen förstås. Den ensamma tiden ger plats för eftertanke och analys av de sammanhang vi annars befinner oss i. Vissa förändringar i ens liv kräver mycket lång tid av eget överläggande för att man skall inse vad man bör göra för att komma vidare. Det går då snabbare att komma fram till ett beslut om man ger ögon och tankar fria vidder.

Inför en svår uppgift är det bra att läsa mycket. Det brukar sedan vara svårt att koncentrera sig på något annat som fordrar tankens uppmärksamhet. Efter läsandet kan man därför med fördel titta på fåglar några timmar medan hjärnan arbetar och sorterar. När sedan de nya intrycken blandats och assimilerats med våra tidigare erfarenheter händer det inte sällan att nya idéer och formuleringar bubblar upp mitt under naturskådandet. Därför tycker jag att de flesta intellektuella yrken borde innehålla möjlighet till naturskådning i arbetstiden. Det tror jag att arbetsgivaren skulle tjäna på, inte minst när det gäller minskad sjukfrånvaro. Nu vet jag att många tar detta i egna händer när vädret är bra och utökar flextiden eller drar ut lite på lunchrasten, ofta med arbetsgivarens tysta acceptans, vilket är mycket förutseende.

Vad är det då som är så fint med fågelskådning, som man inte kan se i böcker? Jo, till skillnad från i bokverken skiftar ljuset utomhus på ett sätt som förstärker mångfalden i upplevelsen av en fågelart. Vi har redan varit inne på ämnet motion, men det är sport också. Man kan inte alltid säkert säga var de skall dyka upp, så fågelskådandet innehåller ett stort inslag av överraskning. Men man får träna upp sin förmåga att upptäcka fåglar. Många av oss har övat sedan barnsben och börjar komma i närheten av den vaksamhet som fåglarna själva visar gentemot sin omgivning. De spanar oavbrutet åt alla håll, men eftersom de har en bättre upplösning i sina ögonbottnar än vad vi har, behöver vi egentligen ha kikaren för ögonen hela tiden. En bra handkikare är därför nödvändig. Själv har jag nästan alltid "handkikaren" på stativ för att orka spana mycket och snabbt kunna övergå i fastlåst och stabilt läge. Jag tillhör dessutom dem som tycker det är vackrast att titta med båda ögonen samtidigt, så jag hoppar över det där med tubkikare. Ofta har jag ju kamerautrustning att släpa på också och försöker komma på bra håll för denna istället. Det är ännu finare att uppleva saker och ting på nära håll, där man också kan få höra hur det låter när fåglarna rör sig i sin miljö.

Att se en fågel som man aldrig tidigare sett i naturen slår det mesta när det gäller betraktande. Med de oändliga kombinationer av form, grafik och färger som naturen bjuder är studiet av fågelkroppen en verklig källa till glädje. Tyvärr har vi människor en tråkig tendens att sedan vänja oss vid det vackra, men vi som bor i Skandinavien får ju chansen att njuta av nyhetens behag varje vår när fåglarna vänder åter.

Fågelskådarna har kommit på en fin metod att umgås utomhus. De träffas helt enkelt där fåglarna finns. Ju ovanligare fåglar att beskåda desto fler människor att prata med. Var fåglarna finns är lätt att ta reda på nu för tiden, eftersom de som vill dela med sig av sina iakttagelser snabbt rapporterar var de sällsynta fåglarna håller till genom Internet eller via ett speciellt sökarsystem, som gör att man kan vara på plats så snart som man har snabb bil. Helikopter förkommer också.

Men detta om det moderna fågelskådandet skall närmast ses som en lite skämtsam parentes i sammanhanget. Jag är övertygad om att anledningen till att många har olika slags fågel- eller blomlistor att fylla i;

Sverigelista, årslista, kommunlista... etc, är för att man skall komma ut i naturen så ofta som möjligt. Redan nästa dag kan det ju vara något man inte sett än, någonsin, i år, eller åtminstone inte hemomkring. För min egen del är möjligheten att fotografera någon intressant bild ett sådant skäl, och alla anledningar till att vara ute i naturen bör uppmuntras, tycker jag. Naturskådandet och artletandet har en stor folkhälsovårdande effekt både fysiskt och mentalt.

Jag vill verkligen inte raljera över skådare med dyra optiska hjälpmedel. Det skulle bara drabba mig själv, och förresten är väl den dyra optiken bara ett ekonomiskt offer vi åsamkar oss för att visa hur mycket vi uppskattar vår vistelse i naturen, och hur mycket vi hoppas på framtida upplevelser.

Jag är säker på att de flesta specialfantaster också uppskattar allt det andra där ute; solfläckarnas jagande över fälten en halvmulen dag eller motljuset genom majgrönskan, precis som jag uppskattar att fåglarna rör sig i omgivningen medan jag väntar på att motiven skall dyka upp på lite närmare håll. Det kan ibland gå lång tid mellan tillfällen för fotografering. Då är det ju tur att man är naturintresserad....!

Vi reserverar idag så mycket skog och mark för naturstudie- och rekreationsändamål, att jag börjar undra vem som i framtiden kommer att vistas i dem om friluftslivet fortsätter att minska i omfattning. Jag tänker särskilt på vad många av dagens ungdomar använder den mesta av sin fritid till. Men jag hoppas och tror att de om några år kommer att vara erbarmligt trötta på dataspelskonsumerandet och köa till fågeltorn och naturreservat. Se det gärna som en profetia, men jag vet att naturen har potential - tidlös potential. Frågan är bara hur de skall upptäcka den. Kanske måste de först drabbas av vuxenlivets bekymmer och söka ro och eftertanke i naturen. Men de kommer att få problem till en början med att vänja sig vid den långsammare takt som upplevelserna kommer till dem när de är ute i landskapet.

Upplevelsen av ett landskap

Till upplevelsen av ett landskap hör definitivt vinterutflykter på skidor. Under några av de senaste åren har förutsättningarna varit perfekta för att ospårat ta sig fram i den uppländska naturen. Snön har inte varit för djup, och längs åar och vattendrag har översvämningsvatten frusit, vilket inneburit att det med minimal ansträngning burit av på isens tunna snötäcke. Det frusna landskapet gör det möjligt att ta sig fram på platser där det annars är svårframkomligt, och det ger nya vinklar och ett perspektiv på landskapet som gör det nästan nytt.

Med "upplevelsen av ett landskap" menar jag både de yttre och inre bilder och tankar som upprepade utflykter i hemmanaturen ger upphov till. Minnen från tidigare utflykter gör sig påminda och tillsammans erfar jag någon slags totalupplevelse, som är svår att få i ett främmande landskap, och som gör utflykter i vardagslandskapet till storartade och ibland euforiska äventyr.

En januaridag skidade jag på isen längs den nyligen frusna Fibyån, på gränsen till naturreservatet Fiby urskog. Jag mindes sommarens gula svärdsliljor, de mindre flugsnapparnas sångdueller, virvelbaggarnas framfart på vattenytan och de bilder jag under hösten tagit på de nedfallna björkarna. Tankarna gick också bort mot de asplågor där jag i maj efter flera års letande äntligen fått se och fotografera Upplands vackra men sällsynta landskapsinsekt - cinnoberbaggen.

Plötsligt upptäcker jag lodjursspår i snön vid sidan av den gula isen. Någon annan har alltså redan utnyttjat det bekväma sättet att sig fram. Kanske skedde det under månskenet i det blå ljuset bland skuggorna från träden. Bilder börjar ta form i mitt inre. Upplevelsen är nästan total och vardagsbekymren långt borta. Själva lodjursmötet har jag dock fortfarande att se fram emot.

Jordbrukslandskapet

Vintertid är bästa tiden att skildra jordbrukslandskapets tidlöshet. Snötäcket döljer resterna av vad som odlats och i viss mån också det nutida landskapets likformiga och storskaliga utnyttjande. Jordbruksmaskinerna står i vinterförvar inomhus. Det blir då lättare att föreställa sig hur äldre jordbrukslandskap kan ha sett ut.

Från tidlös upplevelse till engagemang för miljön

Upplevelsen av ett landskap. Är det inte det som fågelskådning och annat artletande egentligen handlar om? Jag är säker på att det är fler än jag som värdesätter helhetsupplevelsen av våra uteaktiviteter. Vi ser kanske inte alltid så många djur eller fåglar när vi är ute, men vi är rätt nöjda när vi kommer hem i alla fall. Landskapet har ju så mycket att ge; sällsamma ljussituationer, ett annalkande åskväder, regnbågen, solen genom ett bortdragande snöfall, blommorna i dikeskanten, mönstren och åns mjuka vindlingar.

Men det är klart - en sällan skådad fågel mitt i alltihopa och veckan är räddad. Det blir lättare att koncentrera sig på sina arbetsuppgifter för ett tag, tills rastlösheten börjar mala och vi lockas ut till nya upplevelser. Vi har ju varit med om händelser i naturen som vi för allt i världen vill återuppleva. Den drivkraften skall vi vara tacksamma för, eftersom den ger oss friskt luft, motion och ett lättat sinne.

Men vi skall inte ta upplevelsen av de biologiska värdena i landskapet för självklara. Faktum är ju att vi inte längre upplever artsammansättningen i landskapet som tidlös. Vi saknar vissa arter som vi läst om, eller så har vi har rent av själva märkt att det rationella och storskaliga jordbruket utarmar landskapet på växter och djur.

Utarmningen drabbar först och främst insekterna, och eftersom de är föda för de flesta fåglar under häckningstiden drabbar det också fågelfaunan. Det är därför som de här raderna inte handlar så mycket om själva fåglarna utan mera om själva samspelet i naturen, landskapsekologin, om ni så vill.

Det var fågelskådare som först rapporterade om minskningen av antalet gulsparvar, sånglärkor, tofsvipor, storspovar och rapphöns i jordbrukslandskapet. På senare tid har dess frånvaro också uppmärksammats i ansedda tidskrifter som Nature och Science, där man undrat om vi verkligen skall pressa mera föda ur Europas jordbrukslandskap, eller om det inte är dags att omforma jordbrukspolitiken så att vi får färre spannmålsberg och fler sånglärkor.

Vi kan ta de vilda bina som ett exempel på hur utarmningen av landskapet gått till. Eftersom de är pollinatörer är de nyckelarter som producerar en varierad flora, plats för andra insekter, samt frön och bär för övervintrande fåglar. De vilda bina omfattar humlor och solitära bin, i Sverige tillsammans långt över 200 arter - ja de var nästan 300, men många har försvunnit.

Lövängarna med sin kontinuerliga och med de tillväxande bipopulationernas ökande blomning övergavs i början på seklet till förmån för odling av foder på åkermark. Den ökande åkerarealen medförde att odlade blomväxter (t ex klöver, vicker, serradella, raps, vitsenap, bovete) och ogräsblomningen (t ex blåklint, åkerkål, åkersenap och åkerrättika) till en början kompenserade en del av dragbortfallet från de övergivna och igenväxande lövängarna.

Införandet av stora monokulturer och regionaliseringen av olika grödor innebar dock senare att ackumuleringen av lämpliga biväxter i tid och rum å ena sidan, och perioder med nästan ingen mat alls, å andra sidan, påverkat populationerna av vilda bin negativt.

Med täckdikningens införande förlorade kulturgränsens växtsamhällen ytterligare i betydelse. Dikets slänter hade tidigare varit ett refugium för en del av ängsfloran liksom för ogräsen. Dessutom tjänade gamla vattensorkbon och andra håligheter i slänterna som boplats och övervintringsplats för humlor och en del andra bin.

Höga nivåer av gödsling också i kantzonerna medförde att för bina attraktiva växter som t ex vitklöver och kärringtand konkurrerades ut av olika gräs (Fridén 1967, detta och de tre föregående styckena).

Med biocidernas införande skedde sannolikt förändringar av en helt annan storleksordning, vilket de vet som kommer ihåg gulsparvens tillbakagång på 60-talet.

Jordbrukslandskapet är inte längre tidlöst. Vi har själva sett förändringarna. Gråhakedoppingarnas lerdammar har fyllts igen, andra s k odlingshinder har schaktats bort, odlingsenheterna har blivit större med färre kantzoner som följd. Insekter och fåglar har minskat i antal.

På de större slättbygderna står vi nu inför att rekonstruera odlingslandskapet om vi vill ha vilda växter och djur kvar där. Flera uppgifter pekar på att det måste finnas minst 25% naturliga habitat i jordbrukslandskapet för att vilda växter och djur skall ha en chans på lång sikt.

Blommande träd och buskar bör t ex sparas eftersom de kompenserar för den blomfattigdom som börjar bli tydlig när gräsen p g a av gödslingseffekten konkurrerar ut de markblommande växterna. De vilda binas värdväxter är ju faktiskt värda att bevara enbart av den anledningen att bina också är nyttiga inom jordbruket som pollinatörer av vissa grödor som raps, rybs och odlingar av rödklöverfrö. Och fåglarna fungerar som naturliga fiender som motverkar att skadeinsekter blir för många i odlingarna.

Det som jag skisserat är kanske ett ganska självklart sammanhang för fågelskådare och artletare, eller? Vi som är vana vid helhetsupplevelsen av ett landskap. Vi nöjer oss inte med enstaka felflugna rariteter, vi vill ju att helheten skall fungera i vårt vardagslandskap.

Likt och olikt - *eller* Jakten på den lynniga Luddvickern

Det finns omkring 2500 arter kärlväxter i Skandinavien. Av dem är det möjligt att se åtminstone 1500 i Syd- och Mellansverige. Själv har jag, i och med sommarens koncentrerade jakt på några arter som jag inte mött tidigare, snart sett tusen stycken. För inte kan man väl gå förbi en växt som man inte vet namnet på!?

Det var så att jag fick en lista på växter till en kommande bok. Trots att jag missade några av de tidigaste vårarterna, som mosippa och sumpviol, blev det snart en slags sport att försöka få bra bilder på alla arter som listan innehöll.

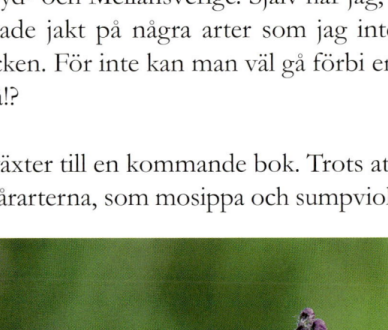

Luddvicker var en av arterna på listan, en art som jag aldrig tidigare sett. Den sägs likna den vanliga kråkvickern, men har längre blompip, utspärrat håriga blomgrenar och en lite annorlunda violett färg. Arten är ett- eller tvåårig, vilket innebär att den dyker upp och försvinner lite som det faller sig d v s beroende på hur fröna sprids, gärna längs vägrenar och på skräpmark.

Trots intensivt spanande lyckades jag först inte få syn på den numera mycket sällsynta växten. Kontakt med kunniga botanister gav ofta svaret "Ja, den är lite lynnig av sig". Inte ens Gunnar i Buddbo visste var den fanns i år. Efter lite surfande på Internet och den nyligen öppnade rapporteringssidan för växter fick jag dock några första ledtrådar. Förra sommaren hade den blommat vid en fågelmatningsplats ett par/tre hundra meter från min egen tomt (!) i Storvreta, antagligen ditkommen med viltfågelblandningen. Men det var då det. Växter är visserligen inte lika snabba på att försvinna som fåglar, men luddvickern hade inte visat sig i år. Rapportören Håkan hade dock andra uppgifter om luddvickerns förekomst, skulle det visa sig. På slänten till E4-an just vid bron över Östunavägen hade det funnits rikligt av den. Kanske hade några långtungade bin lyckats pollinera blommorna och frön från förra årets blomning lyckats gro.

Snabbt iväg med en av sönerna i släptåg, men det första besöket gav bara huvudbry med en synnerligen långhårig kråkvicker. Miss igen alltså, men skam den som ger sig. Nya anfallsvinklar nästa dag - och där fanns

den. Visserligen bara ynka två blomklasar som lyckats klara sig undan Vägverkets långtnående slåtteraggregat. Men ändå; tänk vad vackert att få se något som man aldrig sett förut! Och inte det minsta lik kråkvicker när man väl lärt sig den. Nåja, lite lik kanske, men åtminstone lika olika som den medföljande sonen uppfattar sportbilar som susar förbi på E4-an ovanför, men vars skillnad vi andra nog inte ens skulle uppfatta om de så stått stilla bredvid varandra.

Två tidlösa män

En aprildag möter jag en gammal bonde på hans gård norr om Storvreta i Uppland. Han fyller 90 år detta år, Harald Lundin, men han är fortfarande aktiv i markerna med röjningar och landskapsvård. Vid det här laget har han lagt till något år, men han vill ändå inte mäta sig med det jättelika pilträd som växer i kanten till Fyrisån. Den här dagen sätter han upp stängslen igen efter maskinernas framfart. Han tar maskinerna till hjälp numera, men poängterar att han levt under den lyckligaste tiden. T ex minns han arbetet med parhästarna. De två stona åtföljdes av sina diföl, som gick fria jämte sina mödrar i "fyrspann". Under kaffepausen i dikeskanten fick han ofta känna deras mjuka mule mot sin kind.

Det var skönt att få höra någon säga att han haft ett lyckligt arbetsliv. Trots allt slit som det tidiga seklets bönder haft, har de förhoppningsvis känt av tidlösheten i sitt arbete, stunder av lycka och tillfredställelse med sitt fria liv.

En annan tidlös man, som fortfarande kan känna hästarnas mjuka mular mot sin kind, är Henry Lind på gården Smultrongärde (nästa uppslag). Trots att han sagt sig vilja lägga undan hästräfsan för gott, har han varje år överraskat mig med nya "installationer" på gården med de välbetade stränderna ned mot Vendelsjön i kanten mellan slätt och skog i Uppland.

Ängs- och hagmarksväxter

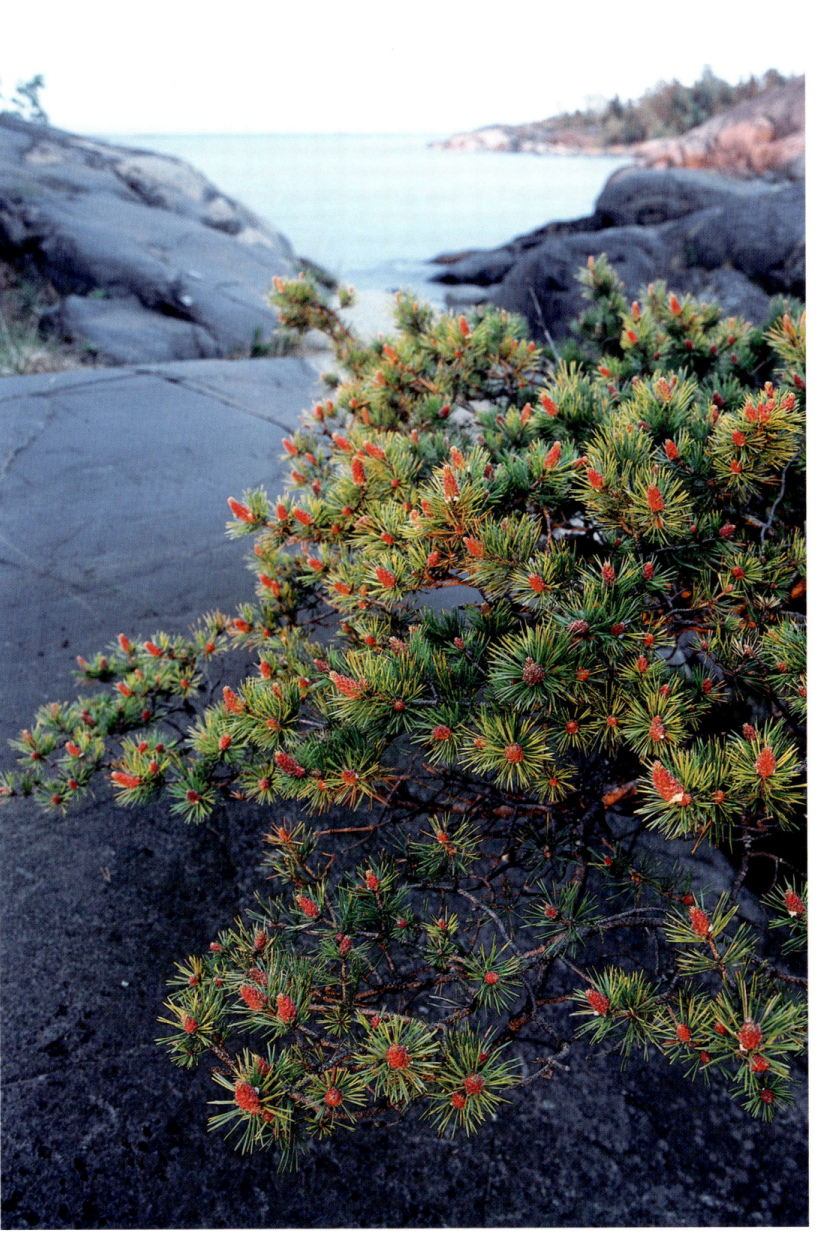

Tidlösa insekter

Fossil av trollsländor berättar för oss att dessa insekter har sett ganska lika ut under åtminstone 300 miljoner år. Under tiden som sländorna varje år krupit ur sina larvskal har nya insektsgrupper t ex fjärilar utvecklats som svar på att nya företeelser som blommor med nektar uppkommit som födokälla. Men för trollsländorna, som är rovdjur både i vattnets larvstadium och i luften, har inte så mycket förändrats. Däremot var några av de tidigaste trollsländorna mycket större av de nutida. En art som levde under Perm-tiden hade ett vingspann av 71 cm och en kropp som var stor därefter. Man vet att under denna förhistoriska tid var syrekoncentrationen i atmosfären 35% jämfört med dagens 21%. Detta kan ha tillåtit att tillräckligt med syre kunde nå även de innersta delarna av dessa större kroppar. Insekternas kroppar syresätts ju på ett annat sätt än genom lungor som hus däggdjur, nämligen genom ett trakésystem som når direkt in i insekterna kroppar genom små hål i kitinlagret. En sådan syrerik atmosfär kan också ha gett rent aerodynamiska fördelar hos tidigt flygande insekter. En annan förklaring är att senare uppkomna insekter inte kunnat uppnå denna storlek på grund av att dessas funktioner i naturen redan varit upptagna av fåglar och andra på den historiska tidsskalan sent uppkomna djur.

Tidlös musik

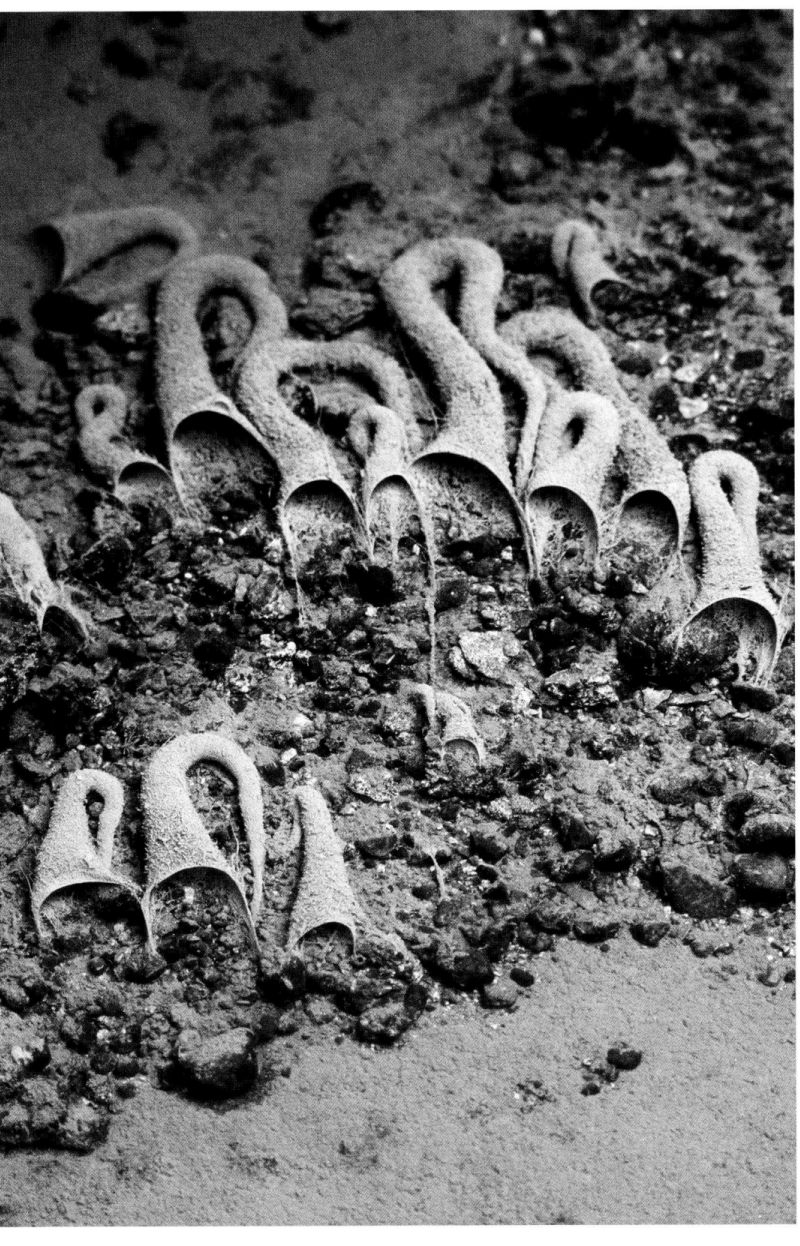

Tidlöst mode på betad äng

De betande djuren är en förutsättning för att vadarfåglar som t ex brushanar skall trivas på strandängarna. Kor, hästar och får håller markerna öppna, fria från träd där spanande rovfåglar skulle kunna sitta och fri sikt för att vadarna skall kunna upptäcka rävens ansmygning i tid. Då kan de leda fienden åt ett annat håll än det där ägg och ungar finns.

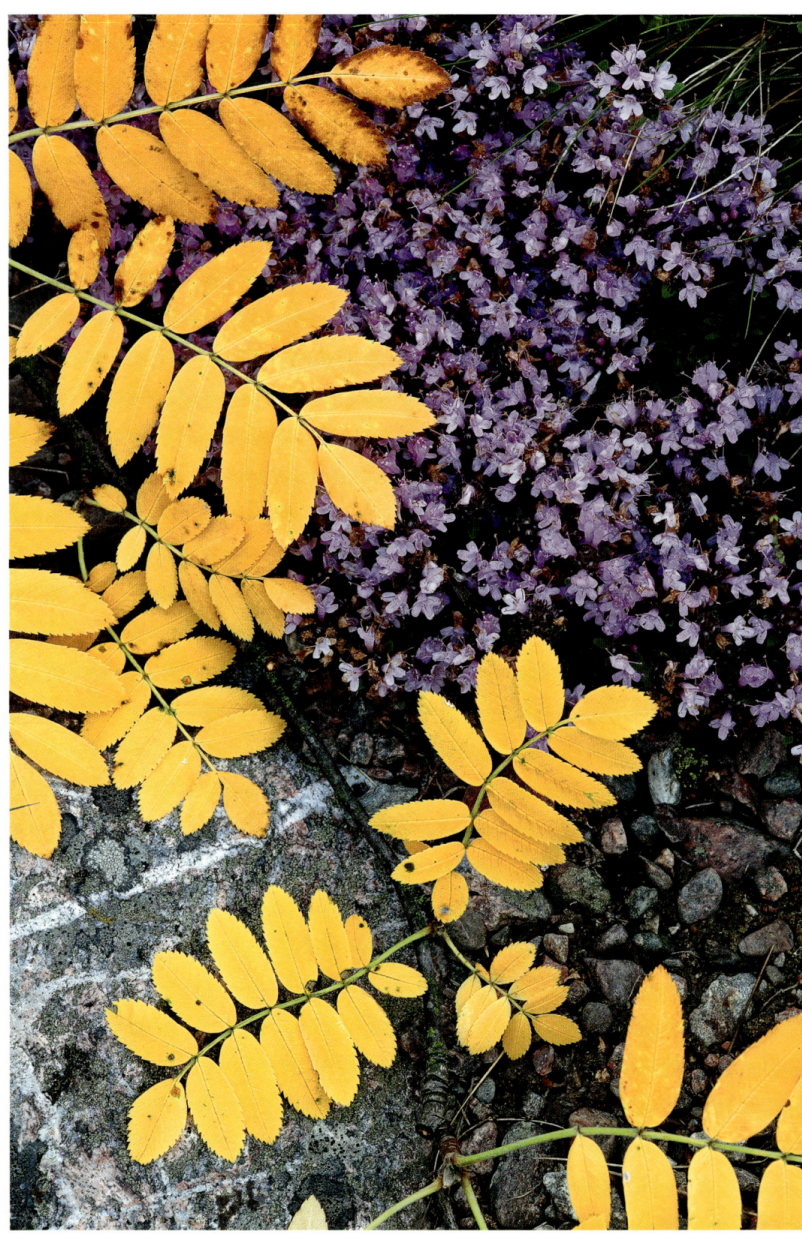

Ur led är tiden

När vi säger att "tiden är ur led" menar vi väl snarast att det är företeelser som inte stämmer med tiden, och inte tvärtom. Det är inte tiden som sitter löst utan något annat.

Där tiden gått lös

Det måste vara en välbyggd båt, den som ligger uppdragen får gott vid Bruddesta på Öland och vars öde Du kan följa på följande uppslag. Eller om det måste ha varit en välbyggd båt; definitionen för en båt är väl att den flyter, vilket man nog inte längre kan säga i detta fall. Hur som helst så tar dess förfall lång tid. Det är över tjugo år sedan jag började fotografera den här båten och som man kan se av bilderna, tagna med ungefär fem års mellanrum, gnager tidens tand ibland ganska sakta. Någon vet säkert hur länge båten legat på land utan underhåll före det att jag fotograferade den för första gången. Säkert minst lika länge.

Om människorna tiger skall stenarna ropa

Litteraturkällor och hänvisningar

Björkman, C. & Pettersson, M.W. (2003). Body Size. In: Encyclopedia of Insects, ed. by Resch, V.H. & Cardé, R.T., Academic Press, San Diego, pp 130-132.

Fridén F. (1967). Humlorna och Jordbruket. Meddelande från Sveriges Fröodlareförbund 8: 65-82.

Krebs, J.R., Wilson, J.D., Bradbury, R.B. & Siriwardena, G.M. (1999). The second Silent Spring? "The drive to squeeze more food from the land has sent Europe's farmland wildlife into a precipitous decline. How can agricultural policy be reformed so that we have fewer grain mountains and more skylarks". Nature 400: 611-612.

Linnés Historiska Landskap - ett bevarandeprojekt som vill uppmärksamma spåren av Linné och hans tid i Uppsalatraktens landskap. www.linnaeanlandscapes.org

Pettersson, M.W., Cederberg, B. & Nilsson, L.A. (2004). Grödor och Vildbin i Sverige. Kunskapssammanställning för hållbar utveckling av insektspollinerad matproduktion och biologisk mångfald i jordbrukslandskapet. Rapport till jordbruksverket på uppdrag och under ledning av Svenska Vildbiprojektet.

Bildinformation

Sid.

2-3 Sista bladet på första sidan. Uppland. Okt. Digital Canon 180 mm.

4-5 Valvbro över Vattholmaån. Juli. Fuji RVP, Hasselblad 50 mm.

6 Frostnupna tidlösor, Buddbo, Uppland. Sept. Digital Canon 17-40 mm.

9 Vingpennor från ruggande tranor på skogsstig där de gått med sina ungar, Uggelsta, Lena, Uppland. Juli. Digital Canon 17-40 mm.

10-11 Sångsvansfamilj, Hånsta, Lena, Uppland. Juli. Digital Canon 180 mm.

12-13 Guckosko, hemlig lokal, Hållnäs, Uppland. Juni. Canon 17-40 mm.

16 Strandviol, *Viola persicifolia*, Hånsta, Uppland. Juli. Canon 180 mm.

17 Glup med strandviol. Hånstaskogen, Uppland. Juli. Canon 17-40 mm. En glup är ett öppen sänka i skogen som håller vatten om våren men sedan töms och torkar upp när tjälen gått ur marken.

18 Alkärr med kärrbräken, Norunda häradsallmänning, Uppland. Juli. Digital Canon 17-40 mm. Polfilter.

21 Övre: Hane av mindre korsnäbb i lärkträd, Skärna, Storvreta, Uppland. Februari. Fuji RHP. Nikon 600 mm. Nedre: Hane av bändelkorsnäbb i lärkträd, Skärna, Storvreta, Uppland. Febr. Fuji RHP. Nikon 600 mm.

22 Detalj ur rotvälta, Nåsten, Uppland. Fuji RDP. Nikon 600 mm.

23 Gröngölingar vid myrstack, Storvreta, Uppland. Fuji RHP. Nikon 600.

25 Skvattram vid sjön Velången, Uppland. Juli. Digital Canon 17-40 mm.

26-27 Samma lönngren i blom i maj och med höstlöv i oktober. Storvreta. Fuji RHP. Nikon 600 mm.

28 Hermelin, Andersby, Uppland. Januari. Fuji RHP. Nikon 600 mm.

30-31 Fibyån, Uppland. Januari. Digital Canon 17-40 mm.

32 Inte någon sjuk zebra som smitit från djurparken utan tickor på björk, Andersby, Uppland. April. Fuji RVP. Nikon 105 mm.

33 Övre: Cinnoberbaggar, *Cucujus cinnaberinus*. Fiby urskog, Uppland. Maj. Fuji RDP. Nikon 105 mm. Nedre: Fibyån, Uppland. Oktober. Digital Canon 17-40 mm.

34 Rävspår på Horsberget, Storvreta, Uppl. Febr. Digital Canon 17-40 mm.

35 Alar vid Horsberget, Husby, Lena, Uppland. Februari. Digital Canon.

36 Vid Fyrisån, Storvreta, Uppland. Horsberget i bakgrunden. Mars. Fuji RVP, Hasselblad 50 mm.

37 Vid Fyrisån, Lena, Uppl. Dec. Fuji RVP. Hasselblad flexbody 50 mm.

36-37 Höhässjor vid Fyrisån, Storvreta, Uppland. Horsberget i bakgrunden. Juli. Fuji RVP. Fuji G617 105 mm.

38-39 Skattmansödalen, Uppland. Januari. Fuji RVP. Fuji G617 105 mm.

38 Skattmansödalen, Uppland. Okt. Fuji RVP. Hasselblad 120 mm.

39 Bergfink i vinterdräkt, Uppland. Jan. Fuji RHP. Nikon 600 mm.

40 Jumkilsån vid Ängeby, Uppland. Okt. Fuji RVP. Hasselblad 50 mm.

41 Jumkilsån vid Ängeby, Uppland. Dec. Fuji RVP. Hasselblad 50 mm.

42-43 Jumkilsån vid Ängeby, Uppland. Mars. Fuji RVP. Nikon 24 mm. Avtonat gråfilter.

44 Kostigar vid Jumkilsån, Uppland. Mars. Fuji RDP. Hasselblad 150 mm.

45 Jumkilsån vid Ullbolsta, Uppland. Dec. Fuji RVP. Hasselblad 50 mm.

46 Åkröksholme med insektsplågade och törstiga ungdjur. Jumkilsån vid Ängeby, Uppland. Aug. Digital Canon 17-40 mm.

48 Murarbiet *Osmia bicolor* kallas snäckgömmarbi eftersom det gör boceller i tomma snäckskal. Ulltuna, Uppland. Nikon 105 mm. Blixt.

49 Väggbi, *Heriades truncorum*, Färjestaden, Öland. Juli. Digital Canon M65 mm. Makroblixt.

51 Blomsovarbin, *Chelestoma*, är specialister på blåklockor, här toppklocka. Husby, Lena, Uppland. Juli. Digital Canon 180 mm.

52-53 Gråhakedopping, Klardammen, Dannemora, Uppland. Maj. Fuji RHP, Nikon 600 mm. Gömsle.

54 Jordhumla vid Brudbrödsblommor, Oxhagens naturreservat, Uppland. Juni. Digital Canon 180 mm.

55 Kungsängsliljor, Vaksala. Upplands landskapsblomma. Maj. Fuji RVP. Nikon 180 mm.

56-57 Kungsängen, Uppsala, med kungsängsliljor. Maj. Fuji RVP. Hasselblad flexbody 350 mm .

58 Luddvicker, *Vivia villosa*, Danmark s:n, Uppland. Juli. Digital Canon 180 mm.

59 Kråkvicker, *Vicia cracca*, Danmarks s:n, Uppland. Juli. Digital Canon 180 mm.

60 Harald Lundin, Ånge, Uppland. Maj. Digital Canon 17-40 mm.

62-63 Henry Lind och gården Smultrongärde vid Vendelsjön i Uppland. Augusti (övre), Fuji RVP, Fuji G617 105 mm. Juli (undre), Kodak EP, Nikon 50 mm.

64 Utlöpare av smultron, Fullerö backar, Uppland. Juli. Canon 180 mm.

65 Smultron, Vattholma, Uppland. Juli. Digital dubbelexponering. Digital Canon 180 mm.

66 Rosentaggar, Husby, Lena, Uppland. Juli. Digital Canon 180 mm.

67 Övre: Kruståtel, Uppland. Juli. Digital Canon 180 mm. Nedre: Kanelros, Faxan, Uppland. Juni. Digital Canon 180 mm.

68-69 Höst i Vendel, Uppland. Okt. Digital Canon 180 mm.

70 Vitsippor i stubbe, Horn, Öland. 2 dagar i Maj. Kodak EPN. Hasselblad M135 mm.

71 Vitsippor efter regn, Albrunna, Öland. Maj. Digital Canon 17-40.

72 Vägen till Buddbo, Uppland, med vägmarkeringar av enruskor. Dec. Digital Canon 180 mm.

73 Åkervindor på vägen till Buddbo, Uppl. Aug. Digital Canon 180 mm.

74 Rönn i lövsprickningen, Morga vid Mälaren söder om Uppsala. Maj. Digital Canon 17-40 mm.

75 Tall i blom, Rävsten, Roslagen. Maj. Fuji RDP. Hasselblad 40 mm.

76 Vinbärsfux, *Polygonia c-album*, Storvreta, Uppland. Augusti. Fuji RDP. Nikon 200 mm. Blixt.

77 Trollslända, Båtfors. Juni. Fuji RDP. Nikon 105 mm.

78 Strimlöss, *Graphosoma lineatum*, på stjälk av hundkäx, Husby, Lena, Uppland. Juni. Digital Canon 180 mm.

79 Hägg överspunnen av häggspinnmal. Jumkilsån. Juni. Digital Canon 17-40 mm.

80 Fåglalåt från Björktrastunge, Uppland. Juni. Fuji RDP. Nikon 600 mm.

81 Lyrformad höstoxel, Hässelby, Uppland. Okt. Fuji RDP. Nikon 28 mm.

82 Kochenillbägarlav, *Cladonia coccifera*, Ramsjö, Hälsingland. Digital Canon 180 mm.

83 Vattenmusik; nät av nattsländelarver i rinnande vatten, Ekeby, Storvreta, Uppland. Fuji RDP. Nikon 180 mm. Polfilter.

84 Brushane, Näsudden, Gotland. Maj. Fuji RDP. Nikon 600 mm. Gömsle.

85 Övre: Brushane och hona på spelplats, Näsudden, Gotland. Maj. Fuji RDP. Nikon 600 mm. Gömsle. Nedre: Vadarägg i komocka, Faludden, Gotland. Juni. Nikon 105 mm.

86 Skadad rönnkvist och timjan. Fullerö backar, Uppland. Juli. Canon 180.

87 Infrusna fjällsmörblommor. Tarfala, Lappland. Juli. Kodak EPN. Hasselblad 80 mm.

88 Filadelfia, längs vägen mellan Jumkil och Vänge, tidskommentar, Uppland 2004. Maj. Digital Canon 17-40 mm.

89 Humle vid Sundsvallens fäbod, Hälsingland. Aug. Canon 17-40 mm.

90 Båt under förfall, Bruddesta, Öland. Maj resp. Juli med ca 5 års mellan rum. Kodak EPN. Hasselblad 40 mm.

91 Se ovan. Juli resp. Juni. med ca 5 års mellanrum. Fuji Velvia (över), Digital (under). Hasselblad 50 mm resp. Canon 17-40 mm.

92 Se ovan, bilder från det senaste fototillfället. Digital Canon 17-40 mm.

93 Se ovan, bilder från det senaste fototillfället. Digital Canon 17-40 mm.

94-95 Övre serien: Blå jungfrun, Kalmarsund, fotograferad från Öland vid olika tillfällen från fast stativplats. Fuji RDP. Nikon 600 mm samt Hasselblad 500 mm. Nedre: Blå Jungfrun från Ramsnäs, Öland. Juli. Fuji RVP. Fuji G617.

96 Isälvsgrus från inlandsisen, grustag i Uppsalaåsen vid Visjön, Uppland. Fuji RDP. Nikon 180 mm.

97 Övre: Raukar vid Jordhamn, Öland. Juli. Fuji RVP, Hasselblad 40 mm. Nedre: Fossil av Ortoceratit. Öland. Fuji RVP. Nikon 105 mm.

98 Rauk, Langhammar, Fårö. Maj. Fuji RDP. Hasselblad 50 mm.

100-1 Östersjöstrand, Långsandsörarna, Uppland. Juli. Digital Canon 17-40.

102 En spyfluga har landat på Kochenillbägarlaven, se sid. 82.

108-9 Kungsängsliljor i vind, Kungsängen, Uppsala. Maj. Hasselblad flexbody 350 mm

111 Algrenar, Mullsjö, Västergötland. Juni. Digital Canon 180 mm. Polfilter.

112 Gråsparv, Sandvik, Öland. Juli. Fuji RDP. Nikon 600 mm.

Tack !